KB264428

모두 다 사랑해

미야니시 타츠야 글·그림 | 송소영 옮김

어느 날, 티라노사우루스가
언덕 위에서 알 하나를 발견했어요.
"오호, 맛있겠다."
티라노사우루스는 알을 먹으려고 했지요.

달리

그때,
빠직 빠직 빠지직.
알에 금이 가기
시작하더니…….

빠직 빠직 빠지직.
파스슥 파스슥.
알이 깨지는 게 아니겠어요.

그리고 아기 안킬로사우루스
다섯 마리가 태어났어요.
안킬로사우루스들은
눈앞에 서 있는
티라노사우루스를 보더니…….
빠
가
닥
빠
가
닥

빠
가
닥

빠
가
닥

빠
가
닥

"엄마—."

하고 불렀어요.
"어, 어, 엄마? 어째서 내가 엄마야?
게다가 나는 남자라고. 그러니까,
엄마가 아니라 아빠라고 불러야지!"
티라노사우루스가
어처구니없어하며 말했지요.

"아하! 엄마가 아니라 아빠구나. 아빠!"
"끄응……. 그래."
"아빠! 배고파요."
"나, 나도 고픈데……."
"아빠, 놀아 주세요."
"뭘 하고 놀아야 하니?"
"아빠는 엄청나게 크고 멋져요!"
"뭐, 내가 좀 그렇지."

"아빠, 쉬 마려워요!"
"저쪽, 저쪽에서 눠야 한다."
티라노사우루스는 아이들의 얘기에
일일이 대답했어요. 바로 그때였어요.

"요 녀석들, 절반은 내가 가져가겠다!"
어디서 나타났는지 고르고사우루스가
티라노사우루스를 덥석 물고는 늘어졌어요.
티라노사우루스는 꼬리를 휘둘러
고르고사우루스를 떼어 내려 했지요.
하지만 안킬로사우루스들이
올라타고 있어서 움직일 수 없었어요.
아얏!
티라노사우루스는 아파서 소리를 질렀어요.

"그만해!"
안킬로사우루스들이 소리치더니
고르고사우루스에게 달려들었어요.
"우리 아빠에게 무슨 짓을 하는 거야!"
"아니? 뭐, 뭐라고? 우리…… 아빠?"

"그래. 우리 아빠에게 이런 짓을 하다니,
용서 못 해! 혼내 주겠어!"
안킬로사우루스들은 고르고사우루스를
깨물고 앞발로 할퀴었어요.
아작! 빡빡!

꽈당! 꽈당!
하지만 모두 땅에 내동댕이쳐지고 말았지요.
그래도 안킬로사우루스들은 물러서지 않았어요.
또다시 고르고사우루스에게 달려들었지요.
"아빠를 지켜야 해!"

안킬로사우루스들은 온몸에 상처가 났지만,
이에 아랑곳하지 않았어요.
"에이, 귀찮은 것들."
고르고사우루스는 한 마리를 잡아
꿀꺽 삼키려고 했어요.

"캬오오!"
티라노사우루스가 큰 소리로 울부짖었어요.
그러고는 고르고사우루스에게 꼬리를 휘둘러
아이들을 구해 내었지요.
철쩌!

티라노사우루스는
상처투성이가 된 안킬로사우루스들을
조심조심 품에 안고
집으로 돌아갔어요.

"얼른 나아서 건강해져야 한다."
티라노사우루스는 아이들을 품에 안고 잠자리에 들었어요.
"아빠……롤 지켜야 해……."
한 마리가 잠꼬대하며 웅얼거렸지요.
고요하고 평온한 밤이었어요.
티라노사우루스의 눈에서는 눈물이 반짝반짝 흘러내렸습니다.

티라노사우루스는 아이들에게
매일매일 빨간 열매를 먹였어요.
"이 열매를 먹으면 빨리 나을 수 있단다."
그리고 기운을 차린 아이들에게 이름을 지어 주었지요.
"이제부터 너는 해, 너는 사, 너는 모,
너는 랑, 그리고 너는 두란다.
자자, 모두 '아' 해라.
아하하. 손까지 먹으면 안 돼요. 아빠가 아프잖니."
티라노사우루스는 웃으며 말했어요.
자신의 이런 모습이 새삼 놀라웠지요.

잠자리에 들 때면,
아이들은 아웅다웅했어요.
"내가 아빠 옆에서 잘 거야!"
"비켜."
"아빠, 안아 주세요."

"얘들아. 싸우지 말아야지.
그래, 그래. 착하다."
티라노사우루스는 아이들을
모두 꼭 안아 주었지요.

그러던 어느 날,
해가 다른 네 마리에게 자랑하듯이 말했어요.
"아빠는 우리 중에서 나를 가장 예뻐하셔."
"아니야!"
다른 네 마리가 입을 모아 외쳤습니다.

"아빠는 빨간 열매를 항상 나한테
가장 먼저 먹여 주시잖아.
나를 가장 예뻐해서 그런 거야."

그런데 해의 말이 맞았어요.
그날 저녁 티라노사우루스는 빨간 열매를
해에게 가장 먼저 주었지요.
"거봐. 내 말이 맞지? 아빠는 나를 가장 좋아해."
해가 우쭐댔어요.

다음 날, 물을 마시다가
해가 또 으스대면서 말했어요.
"아빠는 우리 중에서 나를 가장 사랑해!"
"아냐, 아니라니까."
다른 네 마리가 입을 모아 외쳤습니다.

"진짜야. 아빠는 잠잘 때 항상
나만 할짝할짝해 주셔."

이번에도 해가 말한 대로였어요.
"내 말이 맞지? 나만 할짝할짝해 주시잖아.
아빠가 가장 아끼는 것은 나야."
해는 의기양양해졌지요.

어느덧 아이들의 상처가 모두 아물었어요.
그러던 어느 날, 티라노사우루스가 빨간 열매를
따러 가고, 아이들은 바위산에서 놀았지요.
그런데 해가 또 자랑을 했어요.
"아빠는 나를 가장 귀여워하셔.
어젯밤에도 나만 할짝할짝해 주시고,
오늘도 나에게 가장 먼저 빨간 열매를 먹여 주셨어.
헤헤헤. 부럽지?"
"아니야!"
넷이 한꺼번에 크게 외쳤어요.
해는 깜짝 놀라 뒤로 넘어져 바위 아래로 굴렀지요.
"으아아아악! 도와줘!"

"어, 어떡하지?"
"도와주러 가야 하는데……."
"싫어, 해 따위……."
"마, 맞아. 해는 정말……."
넷은 결국, 해를 그대로 두고 돌아왔어요.

티라노사우루스가 아이들을 기다리고 있었어요.
"맛있는 빨간 열매를 따 왔단다. 어서 먹자.
어? 그런데 해는 어디 있지?"
아무도 대답하지 못했어요.
"해는 어째서 없는 거냐?"
티라노사우루스가 호통을 쳤어요.
넷은 눈물을 뚝뚝 흘리면서
해가 했던 말과 바위산에서 벌어진 일을
전부 이야기했지요.

"그게 무슨 말도 안 되는 소리니!
해는 막 따서 신맛이 나는 열매를 좋아해서
가장 먼저 준 거란다.
두는 커다란 열매, 모는 말랑말랑한 열매,
랑은 작아서 먹기 편한 열매,
사는 약간 단단해서 아삭아삭 씹히는 열매를
좋아하잖니."

"그리고 해는 빨간 열매를 늘 입가에
묻히면서 먹거든.
그래서 내가 핥아 준 거야. 그런 건데……."
티라노사우루스의 손에서 빨간 열매가
후두둑 떨어졌어요.
티라노사우루스는 바위산을 향해 달렸어요.
아이들도 그 뒤를 쫓아갔지요.

"해야! 어디 있니—!"
티라노사우루스는 울면서
소리쳤어요.
"해야, 해야———!"
네 마리도 함께 외쳤지요.

"잉잉……"
저 아래서 해의 울음소리가
들려왔어요.
"해야! 기다려라.
지금 바로 가마!"

"위험하니까 너희는
여기에 있으렴!"
티라노사우루스는 조심조심
바위산을 내려갔어요.
그런데!

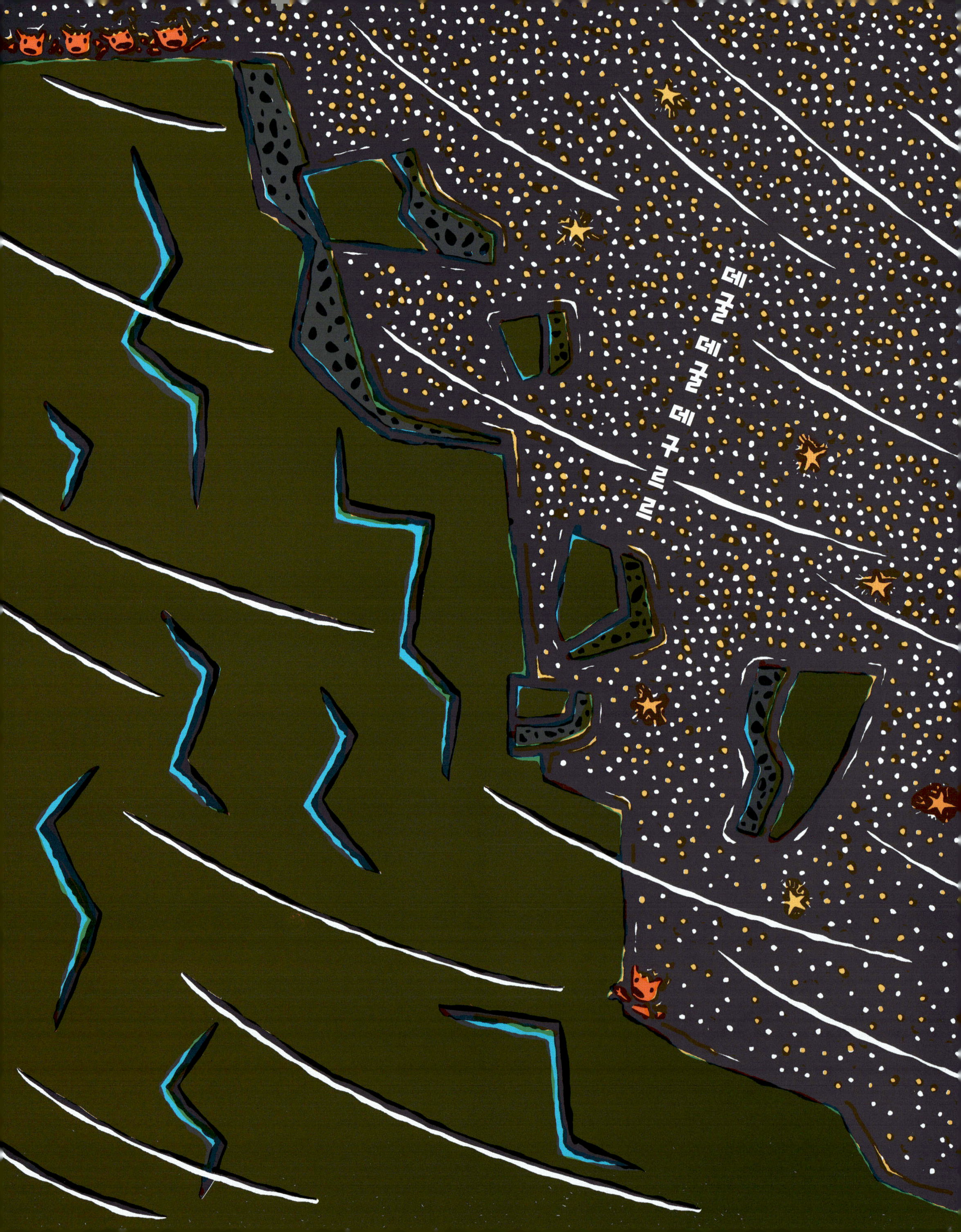
데굴 데굴 데구르르

"쿠오오!"

얼마나 시간이 흘렀을까요.
넷은 겨우겨우 해를 구한 뒤,
함께 벼랑 아래로
내려왔어요.

그러자,
바위 무더기 밑에서 티라노사우루스의
낮고 굵은 목소리가 들려왔지요.

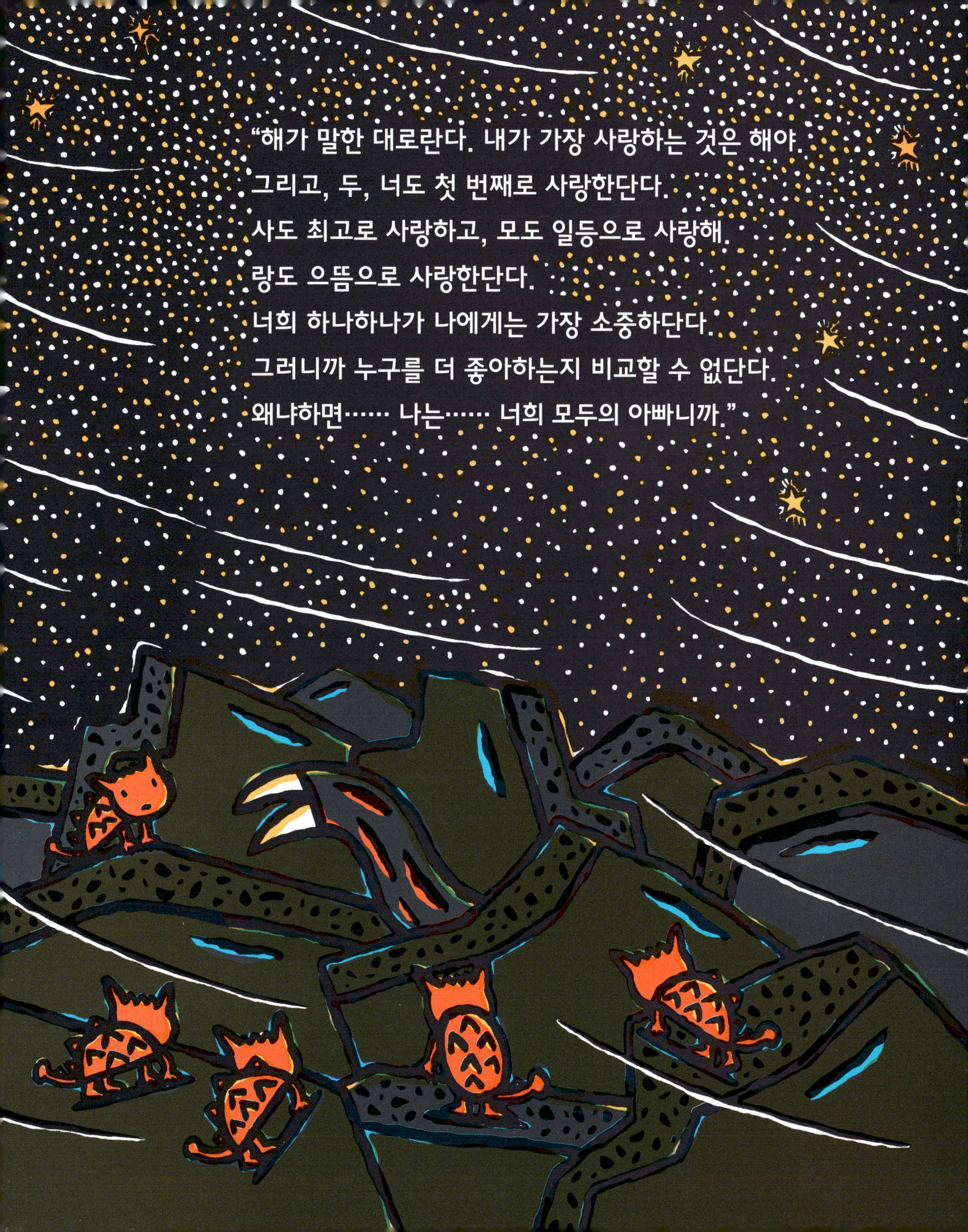

"해가 말한 대로란다. 내가 가장 사랑하는 것은 해야.
그리고, 두, 너도 첫 번째로 사랑한단다.
사도 최고로 사랑하고, 모도 일등으로 사랑해.
랑도 으뜸으로 사랑한단다.
너희 하나하나가 나에게는 가장 소중하단다.
그러니까 누구를 더 좋아하는지 비교할 수 없단다.
왜냐하면…… 나는…… 너희 모두의 아빠니까."

"아빠. 아빠, 아빠—"
아이들이 바위를 치우자,
그 밑에 깔렸던 티라노사우루스가
미소를 지으며 말했어요.
"가, 가장 사랑받는 것은……
바로 나, 아빠구나. 얘들아, 고맙다."

"아빠――!"
별이 가득한 밤하늘에
모, 두, 사, 랑, 해의
목소리가 울려 퍼졌답니다.

ICHIBAN AISARETERU NO WA BOKU

Text & Illustrations copyright © 2010 by Tatsuya MIYANISHI

All rights reserved.

First published in Japan in 2010 by POPLAR Publishing Co., Ltd.

Korean translation rights arranged with POPLAR Publishing Co., Ltd.

through Shinwon Agency Co.

Korean edition copyright © 2015 by Dahli Children's Books Inc.

미야니시 타츠야는 일본 시즈오카현에서 태어나 일본대학 예술학부 미술학과를 졸업했습니다. 인형미술가, 그래픽 디자이너를 거쳐 그림책 작가가 된 미야니시 타츠야는 개성 넘치는 그림과 가슴에 오래 남는 이야기로 전 세계 독자들에게 널리 사랑을 받고 있습니다. 〈고 녀석 맛있겠다〉 시리즈 외에도 《엄마가 정말 좋아요》,《말하면 힘이 세지는 말》,《신기한 씨앗 가게》,《찬성!》,《메리 크리스마스, 늑대 아저씨!》 등 많은 책이 우리나라에 소개되었고,《고 녀석 맛있겠다》로 '겐부치 그림책 마을' 대상을,《오늘은 정말 운이 좋은걸》,《누구 젖?》으로 고단샤 출판문화상 그림책 상을 받았습니다.

송소영은 일본 레이타쿠 대학과 대학원에서 일본어를 공부했습니다. 저자의 마음까지 전하는 번역을 위해 노력하며 좋은 책을 소개하는 번역 기획도 하고 있습니다. 옮긴 책으로는 《모두 다 사랑해》,《나는 당신을 믿어요》,《고마워, 사랑해》,《영원히 함께해요》, 《미니부케와 세 마녀》,《누구나 할 수 있는 멋진 마법》,《허브 정원의 피아노 레슨》 외 다수가 있습니다.

모두 다 사랑해

1판 1쇄 펴냄 2015년 4월 22일
1판 15쇄 펴냄 2024년 9월 26일

글·그림 미야니시 타츠야 | 옮긴이 송소영
편집 정재은 | 디자인 심흥섭
펴낸이 박소연 | 펴낸곳 (주)도서출판 달리
등록 2002.6.4(제10-2398호)
주소 04008 서울특별시 마포구 희우정로 16길, 17-5
전화 02)333-3702 | 팩스 02)333-3703
ISBN 978-89-5998-100-7 74800
ISBN 978-89-90364-52-4(세트)